Jorge Luis
Borges

Fervor de Buenos Aires

布宜诺斯艾利斯激情

［阿根廷］豪尔赫·路易斯·博尔赫斯 著

林之木 译

上海译文出版社

目 录

序　言

我并没有将这本书重新写过，只是淡化了其中过分的夸饰，打磨了棱角，删除了矫情和胡话。在这项有时痛快有时烦人的工作过程中，我发觉一九二三年写下这些东西的那位青年本质上（"本质上"是什么意思？）已经就是今天或认可或修改这些东西的先生。我们是同一个人。我们俩全都不相信失败与成功、不相信文学的流派及其教条，我们俩全都崇拜叔本华、斯蒂文森和惠特曼。对我来说，《布宜诺斯艾利斯激情》包容了我后来所写的一切。这本诗集以其朦朦胧胧地表现了的和通过某种形式预示着的内容而得到恩里克·迪埃斯-卡内多[1]和阿方索·雷耶斯[2]的慨然称许。

同一九六九年的年轻人一样，一九二三年的青年也是怯懦的。他们害怕显露出内心的贫乏，于是也像今天的人们似的想用天真的豪言壮语来进行掩饰。拿我来说吧，当时的追求就有些过分：效法米格尔·德·乌纳穆诺的某些（我所喜爱的）疮痍，做一个十七世纪的西班牙作家，成为马塞多尼奥·费尔南德斯，发现卢贡内斯已经发现了的隐喻，歌颂一个满是低矮建筑、西部或南部散布着装有铁栅的别墅的布宜诺斯艾利斯。

我那时候喜欢的是黄昏、荒郊和忧伤，而如今则向往清晨、市区和宁静。

豪·路·博尔赫斯

一九六九年八月十八日，布宜诺斯艾利斯

---

1 Enrique Díez-Canedo（1879—1944），西班牙诗人、评论家和新闻记者。
2 Alfonso Reyes（1889—1959），墨西哥诗人和作家，曾任驻阿根廷大使。

致偶然读到这些诗作的人

如果这本诗集里面还有一句半句好诗，首先恳请读者原谅我贸然将之窃得。我们的无知没有多大分别，你成为这些习作的读者而我是其作者纯属不期而然的巧合。

街　　道

布宜诺斯艾利斯的街道
已经融入了我的心底。
这街道不是贪欲横流、
熙攘喧嚣的市集，
而是洋溢着晨昏的柔情、
几乎不见行人踪影、
恬淡静谧的街区巷里，
还有那更为贴近荒郊、
连遮阴的树木
都难得一见的偏隅僻地：
棚屋陋舍寥若晨星，

莽莽苍苍辽远幽寂，

蓝天和沃野汇聚于茫茫的天际。

那是孤独者的乐土，

有万千豪杰繁衍生息，

在上帝面前和岁月长河之中，

堪称绝无仅有而且壮美无疑。

向西、向北、向南，

街巷——祖国也一样——展延羽翼[1]，

但愿它们能够扎根于我的诗行，

就像飘扬的战旗。

---

1 布宜诺斯艾利斯东面临海，故只能向其余方向发展。

拉雷科莱塔 [*]

实实在在的厚厚积尘

表明着岁月的久远，

我们留连迟疑、敛声屏息，

徜徉在缓缓展开的排排陵墓之间，

树影和石碑的絮语

承诺或显示着

那令人欣羡的已死的尊严。

坟丘是美的：

直白的拉丁文铭刻着生死的日月年，

碑石和鲜花融为一体，

冢园葱翠好似庭院一般，

还有那如今已经停滞并成为仅存的

许许多多历史上的昨天。

我们常常错将那恬静当成死亡，

以为在渴望自己的终结，

实际上却是向往甜梦与木然。

生命确实存在，

震颤于剑锋和激情，

傍依着常春藤酣眠。

时间和空间本是生命的形体、

灵魂的神奇凭依，

灵魂一旦消散，

空间、时间和死亡也随之销匿，

就像阳光消失的时候，

夜幕就会渐渐地

把镜子里的影像隐蔽。

---

* 布宜诺斯艾利斯东北部的墓园，埋葬的多是阿根廷知名人士，包括博尔赫斯
的祖先。

给人以恬适的树荫，

轻摇着小鸟栖息的枝头的徐风，

消散之后融入别的灵魂的灵魂，

但愿这一切只是

总有一天不再是不可理解的奇迹的奇迹，

尽管一想到它注定会周而复始

我们的日子就会充满惊恐疑惧。

在拉雷科莱塔那个我的骨灰将要寄存的地方，

正是这样一些念头萦绕在我的心际。

南　城

从你的一座庭院

观赏亘古已有的繁星，

坐在夜幕下的长凳上

凝望

因为无知而不知其名、

也弄不清属于哪些星座的

天体的寒光荧荧，

聆听从看不见的池塘传来的

溪流淙淙，

呼吸素馨与忍冬的芳菲，

感受睡鸟的沉寂、

门廊的肃穆、湿气的蒸腾，

——这一切，也许，就是诗情。

陌生的街道

希伯来人曾将黄昏初始比作

鸽子的晦暝¹：

暮色无碍行人的步履，

夜幕的降临

犹如一首期待中的古曲，

好似一种飘逸的滑行。

恰在那一时刻，

我踏着如同细沙的霞光

步入一条不知名的街区之中：

路面平展宽阔，

两旁的飞檐和墙壁

呈现着同远处天际一样的

柔润色泽。

种种景象——普普通通的房屋、

俭朴的栅栏和门钹，

也许还有阳台上少女的期望——

涌入我空荡的心底，

卷带着泪珠的明澈。

也许正是这银灰的晚景

赋予那街道以温馨的意趣，

使它变得那么谐美，

就好像已经被忘却但又重新记起的诗句。

只是在事过之后我才想到：

那夜色初上的街道与我无关，

每幢楼舍都是烛台一具，

人的生命在燃烧，

好比是各不相同的蜡炬，

---

1 此说不确。德·昆西（《作品集》第 3 卷第 293 页）指出，据犹太术语，曙光
称之为"鸽子的晦暝"，黄昏是"乌鸦的晦暝"。——原注

我们向前跨出的每一步

都是在髑髅地 [1] 里驰驱。

---

1 耶稣受难处，又音译为"各各他"。

圣马丁广场

致马塞多尼奥·费尔南德斯

追寻着黄昏的踪迹，

我徒然地在街头漫步。

门洞里全都张起了黑色幕布。

披着桃花心木柔润光泽的暮色

已经在广场上驻足：

宁静而恬适，

像灯盏一般宜人楚楚，

像额头一般光洁明净，

像重孝在身者的表情一般冷峻严肃。

一切感觉均趋平和，

融会于婆娑的树影：

蓝花楹、金合欢的

祥和娇姿

冲淡了冷漠雕像的峻挺，

交织的网络里面

青天和赤地

突显出并行的光彩辉映。

舒心地坐在宁适的长凳之上，

满目的晚景是多么陶心愉性！

下面，

港湾憧憬着远处的涛涌，

而这平等待人的幽幽广场

敞开着怀抱，如死亡似梦境。

摸 三 张[*]

四十张纸牌¹取代了现实的生活。

画在纸版上的图饰

使我们忘却了自己的苦与乐，

一个绝妙的创造，

用家制神话的

斑斓变幻，

把窃据的时间消磨。

别人的命运

就在桌角台边落了座。

那里面有一个奇异的王国：

投筹认注都冒风险，

剑花幺点

就像堂胡安・曼努埃尔 [2] 威力无边，

更有唤起希望的七金元。

蛮荒的沉稳

使言语变得徐缓，

牌势轮转

周而复始一遍又一遍，

今夜的赌徒们

让古老的把戏重演：

这件事情多少（尽管不多）

勾起了对先辈的思念，

正是他们为这布宜诺斯艾利斯的时代

留下了同样的恶作剧、同样的诗篇。

一 处 庭 院

时近黄昏，

庭院里的两三种色彩失去了分明。

今天晚上，那晶莹的圆月

没有升入属于自己的苍穹。

庭院圈起了一片天空。

那庭院变成为甬道，

将天空导入居室之中。

永恒

沉静地潜伏于密布的繁星。

黑暗笼罩着门廊、葡萄架和蓄水池，

真是乐事啊，得享这份温情。

墓　志　铭

为我的曾外祖父伊西多罗·苏亚雷斯[1]上校而作

他曾勇贯安第斯的山峦。

他曾同险峰和大军作战。

果敢为他的佩剑司空见惯。

在胡宁[2]的原野之上，

他取得了战斗的胜利，

让西班牙人的鲜血染红了秘鲁的矛尖。

他用冲锋号角般的铿锵文字

写出了自己的功勋汇编。

他选择了光荣的流亡。

他如今只剩下一抔尘土和些许美谈。

1　Isidoro Suárez（1799—1846），博尔赫斯的曾外祖父，早年参加智利和秘鲁的解
　　放者圣马丁领导的安第斯军，屡建战功。
2　秘鲁中部地区。南美洲独立战争期间，西蒙·玻利瓦尔和安东尼奥·何
　　塞·德·苏克雷曾于 1824 年 8 月 6 日在此指挥了一场重要战役，将西班牙
　　殖民者赶出了秘鲁。

玫　　瑰

玫瑰，

我不讴歌的永不凋谢的玫瑰，

有分量、有香气的玫瑰，

夜阑时分漆黑的花园里的玫瑰，

随便哪一处花园、哪一个黄昏的玫瑰，

通过点金术

从轻灰中幻化出来的玫瑰，

波斯人的和阿里奥斯托¹的玫瑰，

永远都是独处不群的玫瑰，

永远都是玫瑰中的玫瑰的玫瑰，

柏拉图式的初绽之花，

我不赞颂的热烈而盲目的玫瑰，

可望而不可即的玫瑰。

1　Ludovico Ariosto (1474—1533)，意大利诗人。

失而复得的城区

没人留意过街市的美丽，

直到有一天天空披起灰纱、

发出骇人的咆哮、

化作浓云急雨倾泻而下。

风暴铺天盖地，

在人们的眼里世界变得可厌可怕，

然而，当一弧长虹

为黄昏装点起歉意的彩霞，

湿润泥土的气息

使花园的容貌重新焕发，

我们步入大街小巷，

就好像走进了失而复得的故园旧家，

窗户的玻璃映满了斜阳，

夏日假借着璀璨的树叶

道出了自己那颤动着的不灭光华。

空荡的客厅

桃花心木的家具

将平日的聚谈

锁定在形形色色的锦幛绣幔之间。

银版照片制成的肖像

使凝滞在镜框里的岁月

蒙上虚假的近期外观，

然而，在我们的审视下，

终于现出了

模糊年代无谓时日的真颜。

他们从遥远的过去

对我们发出凄楚的呼唤，

而如今却只不过停留在

我们童年时期的晨曦初现。

今天的日光，

通过喧闹繁忙的街市，

映照得窗上的玻璃光洁明灿，

使祖辈的苍凉声音

遭到冷落、喑哑黯然。

罗 萨 斯 [*]

大厅里一片宁静，

古朴的挂钟滴洒着

已经无惊无险的光阴，

洁白的粉壁犹如死人的装裹

罩住了桃花心木的火红激情，

仿佛是一种亲切的责备，

有人道出了这个熟悉而又骇人的名字。

瞬间里，暴君的雕像

成了瞩目的对象。

在这黄昏的时分，

那雕像没有大理石的光洁，

倒像是远处的山影一般庞然而昏暗，

真真假假的奇闻轶事，

一时间成了人们的话题，

就好似莫测的回声激荡绵延。

他那远播的恶名

曾经意味着百姓的灾殃、

高乔的膜拜偶像、

刀砍脖子的惊慌。

如今，忘却已经模糊了死者的名册，

倘若把死亡看作是时光的组成部分，

死亡也可以标价出让，

那不知疲倦的恒动

就是种族灭绝的无声罪魁，

---

* 在写这首诗的时候，我不是不知道我的祖父和外祖父辈的一个祖父是罗萨斯的前辈。鉴于我们历史上的人口稀少和几近乱伦的特点，这件事情本不足怪。1922 年前后还没人能够预感到会有"修正的狂热"出现。这种消遣旨在"修正"阿根廷的历史，其目的不是探究事实真相，而是为了得出事先设定的结论：为罗萨斯或者手头别的什么暴君进行辩白。显而易见，我至今仍是个野蛮的集权论者。——原注

它那永不弥合的伤口

将会吞噬最后的天神的最后时日，

因而容得下所有流洒出来的鲜血。

祖辈说过罗萨斯只是一柄贪婪的匕首，

我无法验证这一结论，

但却觉得他与你和我没有什么不同：

他也是芸芸众生中的一员，

也曾有着凡人的烦恼焦虑，

并把别人的惶惑

引向激愤和苦难。

现在大海成了无边的屏障，

横亘在他的遗迹同祖国之间。

无论是谁，也不管多么卑贱，

都可以践踏他的虚名和沉寂。

上帝可能已经将他遗忘，

用残存的仇恨

延缓他的最后泯灭，

与其说是羞辱，不如说是怜悯。

岁　末

以二换三的

小小象征把戏、

把一个行将结束和另一个迅即开始的时期

融会在一起的无谓比喻

或者一个天文进程的终极，

全都不能搅扰和毁坏

今夜的沉沉宁寂，

并让我们潜心等待

那必不可免的十二下钟声的敲击。

真正的原因

是对时光之谜的

普遍而朦胧的怀疑，

是面对一个奇迹的惊异：

尽管意外层出不穷，

尽管我们都是

赫拉克利特的河中的水滴，

我们的身上总保留有

某种静止不变的东西。

肉　　铺

肉铺带给街市的羞辱

甚至比妓院更为不堪。

一颗冷漠的牛头

雄踞在门楣之上，

以似是而非的偶像威严，

俯瞰着

杂陈的肉块和大理石的地面。

城　郊

致吉列尔莫·德·托雷

城郊映照出了我们的厌倦。

我正要踏上地平线的时候，

却突然收住脚步，

滞留在了房舍之间：

一个个方方正正的街区

看似各异却又难分难辨，

就好像

全是同一个街区的

单调重复翻版。

羸弱的小草

拼命挣扎着

钻出街石的缝隙，

面对西方

远处的彩色牌阵，

我感觉到了布宜诺斯艾利斯。

原以为这座城市是我的过去，

其实是我的未来、我的现时；

在欧洲度过的岁月均属虚幻，

我一直（包括将来）都生活在布宜诺斯艾利斯城里。

为所有的死者感到的愧疚

失去了记忆也失去了希望，

没有了局限，神秘莫测，几乎成了未来的偶像，

死者不只是一个死了的人，而是死亡。

就像对其全部说教均应唾弃的

秘宗教派的上帝，

将一切全都置之度外的死者

就是整个世界的背离与沦丧。

我们窃据了他的所有，

没有给他留下一丝儿色彩、一点儿声响：

这里是他的眼睛再也看不到的庭院，

那边是他曾经寄予希望的街巷。

甚至连我们正在想着的事情他也曾经想过，

我们像一群盗贼，

瓜分了昼与夜的宝藏。

花　园

沟壑，

崇山，

沙丘，

散布于气咻咻的荒原之间，

承受着来自沙漠深处的

风暴和流沙漫漫。

在一块坡地上有一座花园。

每一棵小树都是绿叶的森林一片。

以其阴影催促夜幕早张的

肃穆荒岭、

徒然流碧的可悲海涛

无碍于那花园葱茏。

整个花园就是为黄昏增彩的

宁谧光明。

小小的花园

恰好似贫瘠大地的节庆。

一九二二年，丘布特矿区

适用于任何人的墓志铭

不知趣的碑石啊，

不必喋喋不休地

用名字、品性、经历和出生地

去挑战忘却的万能。

再多的赞颂都是枉然，

大理石也就不必历数人们有意回避的事情。

逝去的生命的精髓

——战战兢兢的期望、

不可弥合的伤痛和物欲的惊喜——

将会绵延永恒。

有人狂妄地盲目祈求长生不死，

殊不知他的生命已经确实融进了别人的生命之中，

其实你就是

没有赶上你的时代的人们的镜子和副本，

别人将是（而且正是）你在人世的永生。

归　　来

流亡的岁月终于结束，

我回到了童年时代的家里，

一切还都显得生疏。

我用手触摸了庭院里的树木，

就好像是对沉睡中的亲人的爱抚；

我重又踏上昔日的路径，

就好像在追忆已经忘却了的诗赋；

在那夜幕初张的时候，

我看到荏弱的新月

偎依在棕榈树的梢头，

就好像是归巢的飞鸟

寻求着荫庇呵护。

在这旧家重新接纳我、

在我熟悉这旧家之前，

白昼的天空

还会有多少次映照庭院，

瑰丽的晚霞

还会有多少次点染街头巷端，

娇嫩的新月

还会有多少次将那柔情注入花园！

晚　　霞 *

即使是无华而又平淡，

日落也总是感人的景观；

然而，更能让人动情的

却是夕阳最终沉没之后

那将原野染成锈色的

余晖残焰。

那光焰浓烈、多变，让我们的心灵震颤，

那光焰将黑夜的恐怖

遍洒于整个尘寰，

在我们发现它的虚幻的刹那，

那光焰却消隐在转瞬之间，

就好似当我们意识到自己在做梦的时候,

梦境就会消失得无影无踪一般。

晨　　曦

夜幕沉沉漫无边际，

幽幽的路灯难显微明，

一股迷向的狂风

骚扰了寂静街道的上空，

恰好似徘徊于尘世荒郊的

那可怖的晨曦

发出预报的涌动。

惑于黑暗的玄秘，

慑于黎明的进逼，

我重温了叔本华和贝克莱的

奇特至极的推理：

世界不过是

思维的运作、

心灵的梦境,

没有根基、没有目的、没有形体。

既然思想

不像大理石那样恒定

而是如同森林和江河一般长生不死,

哲人们的论断

在拂晓时分就有了另一种表现形式,

当阳光像常春藤一样

即将遮没暗夜的四壁的时候,

对黎明的迷信

战胜了我的理智,

从而引发出这样的荒诞解释:

既然万物均非实体构成,

既然这人烟密集的布宜诺斯艾利斯城

只不过是

人们心灵协同施法造出的梦境,

必定会有那么一个时刻，

也就是黎明降临的刹那，

这个都会的存在就将面临极大的险情，

因为，那个时候，梦见世界的人屈指可数，

只有些许彻夜不眠者

才会朦胧、模糊地记得

街巷的样子和布局，

而后，他们必须同别人一起将城市的面貌廓清。

那将是生命的顽梦

面临破灭的时分，

那将是上帝

可以轻易捣毁其全部创造的时辰！

然而，世界又一次逃脱了灭顶的灾难。

阳光的流泻造出种种脏污的色彩，

我的卧室也在晴明中变得清冷暗淡；

由于曾为白昼的降临推波助澜，

我心中难免几分歉疚，

从而对自己的蜗居更感眷恋；

恰在这个时候，一只小鸟打破了沉寂，

而那残败的夜色

只留在了瞎子的眼底心间。

贝 纳 雷 斯 [*]

我的眼睛从未见过的

这座魂牵梦萦的城市，

就像是映在镜子里的花园，

虚幻而又拥挤，

远近交汇，

屋舍重叠不可企及。

骤然跃出的太阳

扯碎裹着寺庙、粪场、监牢、庭院的

巨大黑色幕布，

还将缘着墙壁爬升，

并把光芒倾入圣河的激流滩涂。

繁星笼罩下的都会

气喘吁吁地

拓展起自己的疆土，

在这脚步杂沓、睡意未尽的

清晨时分，

阳光疏导着街巷像树枝一般伸延展舒。

就在曙色

潜进所有朝东的窗口的同时，

召唤晨祷的呼喊

从高高的塔台

飞向初明的天际，

向这众神聚居的城市宣告

上帝的孤寂。

（于是，我想到：

就在我玩味似是而非的意象的时候，

我所讴歌的城市

继续矗立在尘世为它设定的地方，

高低起伏错落有致，

民居层叠好似梦境仙乡，

有医院、有兵营、

有徐缓的林荫大道，

还有唇烂齿冷的

穷汉游荡。)

思　　念

整个生活至今仍是你的镜子，

每天清晨都得从头开始：

这种境况难以为继。

自从你离去以后，

多少地方都变得空寂，

就像是白天的日光，

完全没有了意义。

你的容貌寓寄的黄昏，

伴随你等待我的乐声，

那个时候的千言万语，

我都将亲手从记忆中涤除荡净。

你的不在就像是

恒久地喷吐着无情火焰的骄阳，

我该将自己的心藏于何处

才能免受炙烤灼伤？

你的不在萦绕着我，

犹如系在脖子上的绳索，

好似落水者周边的汪洋。

恬　淡

致艾德·朗热

花园的栅门
顺从地悄然开启，
就好似经常潜心翻阅的书籍；
园中的景物
无需瞩目观赏，
因为早已完全印在了脑际。
我熟悉每个人类群体
正在形成的习俗和灵魂，
还有那特定的言辞语义。

无需侈谈和杜撰

专长及天赋，

身边的人们了解我的为人，

对我的烦恼和弱点一清二楚。

不指望称颂与成功，

只求简简单单地被纳入

不可否认的现实，

就像那岩石和草木：

也许这就是上帝能够给予的、

我们可以期望得到的至福。

街 头 漫 步

夜色带着精茶的幽香

拉近了荒郊的距离，

陪伴我的孤独的街面

了无人迹，

化作长长的线条、引发朦胧的恐惧。

微风裹挟着田野的搏动、

庄园的甜蜜、白杨的记忆，

柏油的硬壳下

那被屋舍的重负禁锢了的大地

重又颤动着现出活力。

少女们黄昏时分遥寄满怀憧憬的阳台

已经紧紧地关闭，

虎步猫行般悄然张起的夜幕

却还在无端地撩拨调戏。

门洞里也是一片静寂。

醉人的深更时钟

朝向无底的黑暗

倾泻着恢宏仁厚的流瞬，

犹如汹涌的波涛

容纳着各色的梦幻追寻、

让人开怀舒心，

不似制约白昼冗务的

那猥琐贪鄙的时辰。

我是这街巷的唯一见证，

没有我的凝注，它将荡然无存。

(我看到了

一堵长满芒刺的长垣，

我看到了

一盏街灯的幽微黄焰。

我还看到了繁星的忽闪。)

夜幕壮阔而又绚丽，

如同天使的乌黑羽毛一般，

展开的翼幅遮没了白昼，

将平庸的街市尽掩。

圣胡安之夜

西方的天际一片光艳，

景物的间距骤然难辨。

夜色轻柔，好似柳林一片。

突兀燃起的篝火

哔哔剥剥地将火星喷溅；

腾腾的烈焰，

像旗帜飘舞、顽童嬉闹，

将劈柴化作青烟。

夜幕宁谧而悠远，

今天的街巷

从前不过是荒原。

这整个神圣的夜晚，

凄寂都在捻动繁星的珠串。

近　郊

一座座庭院日久经年，

一座座庭院

矗立于天地之间。

窗口安装着铁栅，

依栏展目，

街巷好似灯盏一般亲切熟惯。

居室幽深，

桃花心木的家具犹如凝滞的火焰；

镜面上泛着微光，

好似黑暗中的水潭。

迷茫的交错路径

朝着宁静的郊野

四射绵延直至无限。

所有这些地方

全都洋溢着柔情万端，

而我却只身一人，与影相伴。

星　期　六

致 C.G.

屋外的日落黄昏

犹如镶嵌在时光中的乌金珠宝，

沉沉的城市陷入了夜幕之中，

人们已经不能再见你的姿容妖娆。

暮色时而悄寂时而轻歌，

有人将钢琴奏响，

释放出期望的音调。

你的姣美永远都是那么浓重不凋。

尽管你冷漠无情，

你的俏丽

却在与日俱增。

时运之于你，

就像春光之于新叶初生。

我已经几乎无足轻重，

犹如那期望

迷失在黄昏的雾霭之中。

妩媚之于你

就好似利剑上的冷锋。

夜色将窗栅遮蔽。

在那肃穆的客厅里，

你我的孤寂就像两个瞎子相互寻觅。

浓重的夜色

掩不住你肌肤的白皙。

在你我的情好里面，

有一缕如同幽灵的哀戚。

你，

昨天只是美的化身，

此刻却又成了爱的女神。

收　　获

就好像漫步在茫茫的岸边

惊叹那波光粼粼、壮阔浩渺的

大海的涛涌浪翻，

在这漫长的整整一天里，

我都在把你的娇容赏玩。

黄昏时候分手之后，

你的倩姿仍在街头的人影中闪现。

随着寂寥的渐增，

我的喜悦失去了光彩变得黯然：

美好的感受真可谓千千万万，

也许只有少许能够永驻心间，

为长流不息的心迹

留下些微装点。

黄　昏

西天多彩的明丽

使街市变得灿烂，

那街市像无边的梦境

为各种可能提供了空间。

清幽的树林

隐没了最后的飞鸟、最后的金焰。

乞丐平伸的枯手

突显了黄昏的凄惨。

镜子里的宁谧

令人窒闷气竭。

夜色成了

受损的万物溢出的血液。

变化无定的晚霞下面，

破碎的暮色

只是些许淡彩的重叠。

黄昏时分的田野

傲然的西天好似一个大天使

挺立在道路的尽头。

梦境一般浓重的寂寥

笼罩了村庄的四周。

牛羊颈上的铜铃

浓缩了黄昏时分的凄清，

新月犹如来自天空的低鸣。

随着夜幕的渐次张起，

村庄重又变成荒野朦胧。

西天就像未愈的伤口，

仍在折磨着黄昏。

震颤不已的彩霞

正在遁入万物的灵魂。

空荡的卧室里面,

夜幕终将抹去镜面上的光晕。

离　　别

三百个夜晚必定变成三百堵高墙

无情地将爱侣与我隔断，

大海将成为我们之间的梦魇。

可能有的只会是思念。

啊，凄清悱恻的黄昏，

渴望能够见到你的夜晚，

脚下的田野，

眼前渐失的蓝天……

你的不在就像无奈的石碑，

将会使许许多多个黄昏暗淡。

可能于一九二二年写成并遗失了的诗

天际郊野的

晚霞的默默挣扎，

天空的一场自古连败的鏖战，

如同源自时光深处的

那从茫茫宇宙的虚空底部

涌现到我们面前的熹微霞焰，

雨中黑沉沉的花圃，

我害怕开启

而其影像却在梦中展现的书卷的谜团，

我们将化作的腐朽与回响，

洒在大理石碑上的月华光斑，

仿佛肃穆的神祇一样

挺拔傲立并常青不枯的树木，

缠绵偎依的夜晚和充满期盼的黄昏，

声同寰宇的沃尔特·惠特曼，

悄然沉埋河底的

国王的威武佩剑，

无意中孕育了我的

撒克逊人、阿拉伯人和哥特人祖先，

我就是这一切和其他种种？

或者，这一切都是我们永远不能破解的

密码和难点？

图书在版编目（CIP）数据

布宜诺斯艾利斯激情 / （阿根廷）博尔赫斯（Borges, J. L.）著；
林之木译.—上海：上海译文出版社，2016.8（2023.8重印）
（博尔赫斯全集）
ISBN 978-7-5327-7066-3

Ⅰ.①布… Ⅱ.①博… ②林… Ⅲ.①诗集-
阿根廷-现代 Ⅳ.①I783.25

中国版本图书馆CIP数据核字（2015）第210807号

JORGE LUIS BORGES
Fervor de Buenos Aires

图字：09-2010-605号

本书由上海市新闻出版专项资金资助出版

布宜诺斯艾利斯激情	JORGE LUIS BORGES		出版统筹 赵武平
	豪尔赫·路易斯·博尔赫斯　著		责任编辑 周　冉
Fervor de Buenos Aires	林之木　译		装帧设计 陆智昌

上海译文出版社有限公司出版、发行
网址：www.yiwen.com.cn
201101　上海市闵行区号景路159弄B座
上海信老印刷厂印刷

开本850×1168　1/32　印张2.5　插页2　字数8,000
2016年8月第1版　2023年8月第7次印刷

ISBN 978-7-5327-7066-3/I·4278
定价：38.00元